剑来

心善莫幼稚，老道非城府。

人生苦难书，最能教做人。

福

天底下没有什么所谓的无心之语，
只有不小心说出口的有心之言。

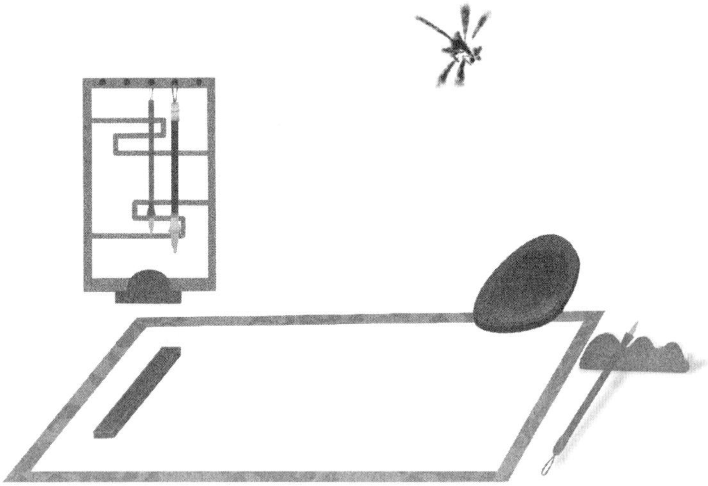

世间唯有痴情，不容他人取笑。

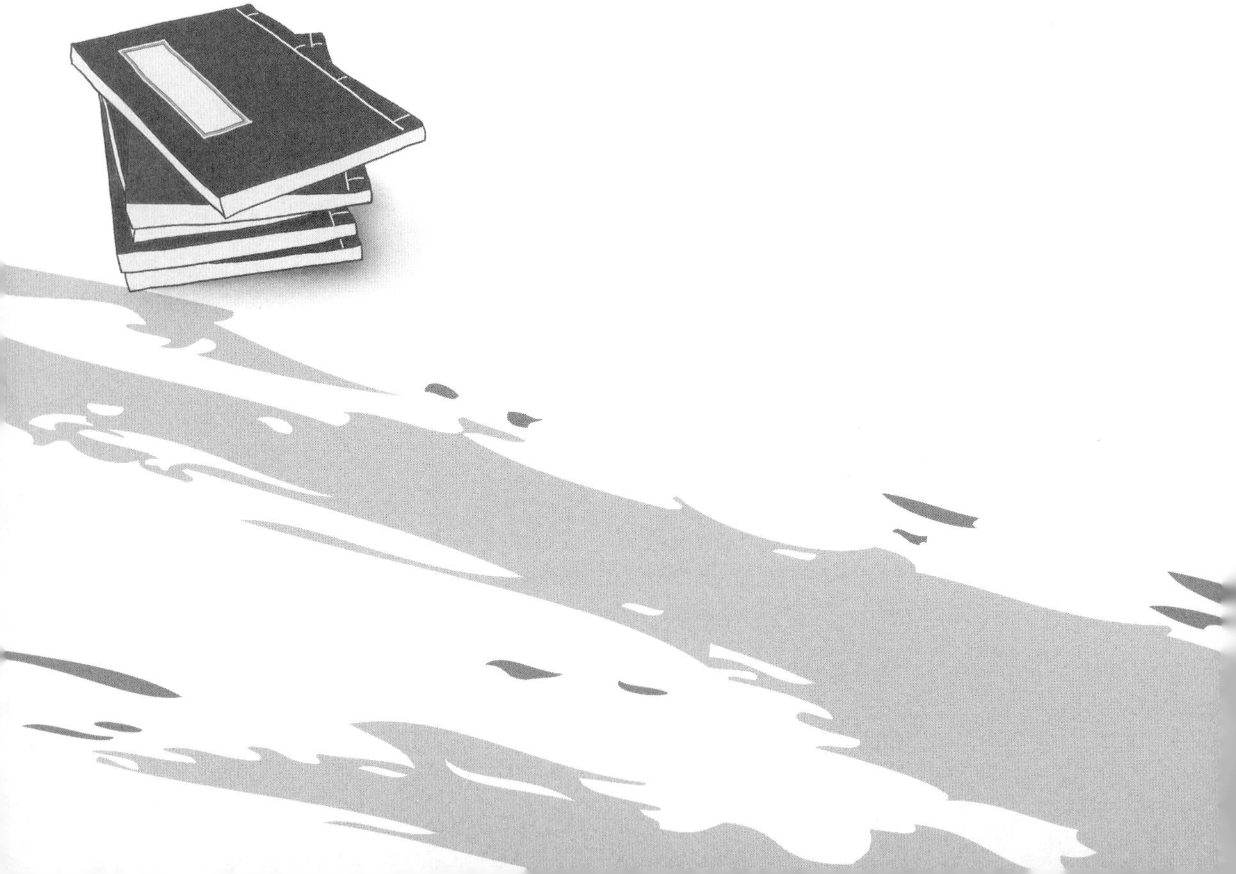

一生修行太勤勉，不敢有半点懈怠，
故而常欠读书债。

世间得与失，不知也不觉。

天下有我齐静春。
天下快哉，我亦快哉。

剑来

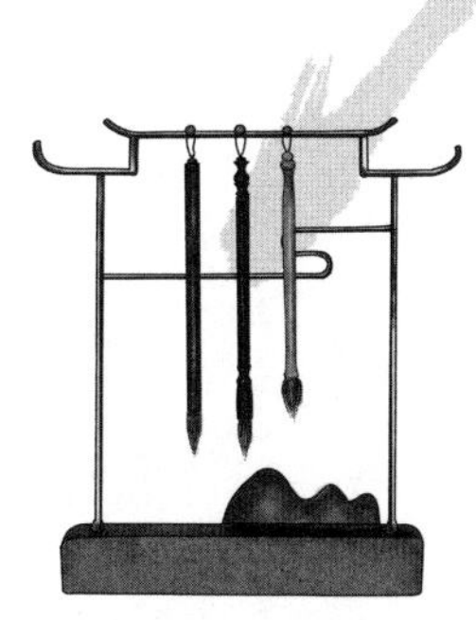

这一年，这座天下，春去极晚，夏来极迟。

心地就是福田，言行就是风水。
所以要懂得惜福，要能够藏风聚水。

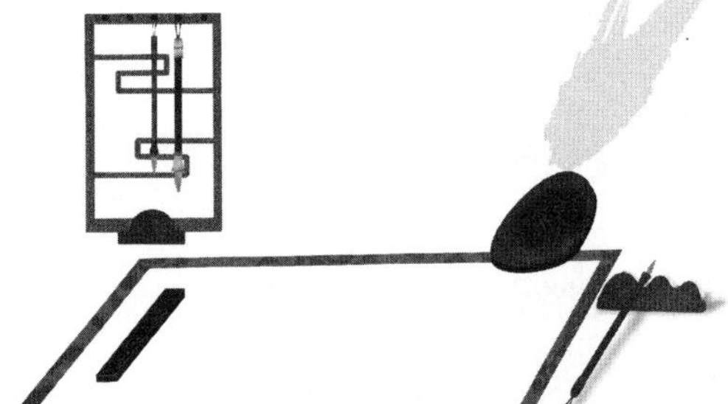

每个伤透心的故事，都有个暖人心的开头。

有些远远的喜欢，总是忍不住要让人知道，才能甘心。

山水依旧在，人已是过客。

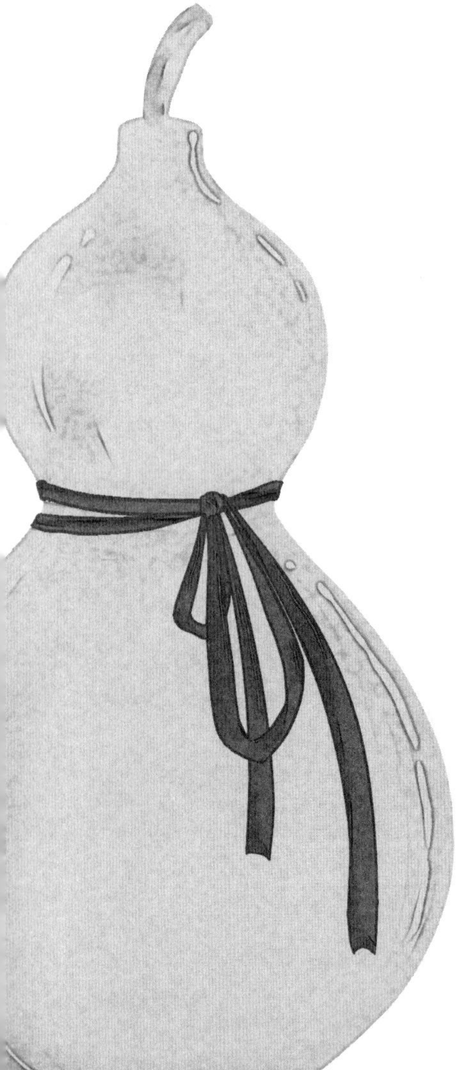

有些人之间，注定只要相逢，就是对的。

如果还能重逢，就是最好的。

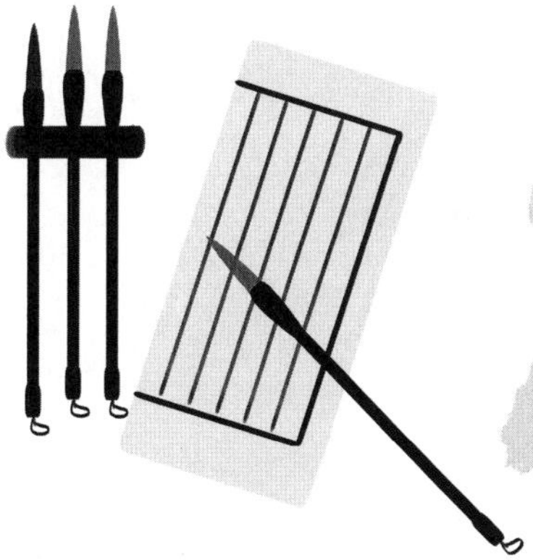

君子坐而论道，少年起而行之。

修心，亦是修行之一。

顺境修力，逆境修心，缺一不可。

粗粮可以养胃，书籍可以养气，
景致可以养目，寂寥可以养心。

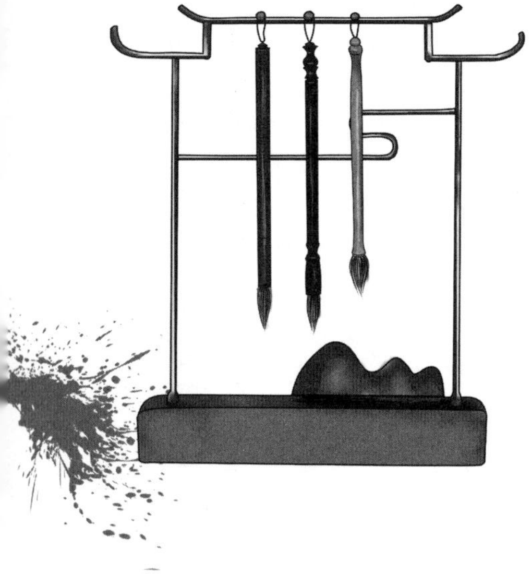

欲求心思清澈，还需正本清源。

石寿万年，纸寿千年，
人寿百年，真心几年。

所有远游，都是为了重逢。

烽火戲諸侯

故作轻松语，必有难以释怀事。

我有剑要问，请天地作答，先从明月起。

山外风雨三尺剑，有事提剑下山去。
云中花鸟一屋书，无忧翻书圣贤来。

剑来

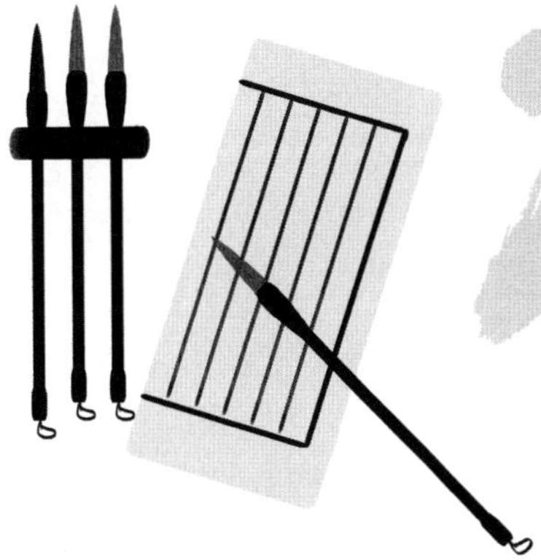

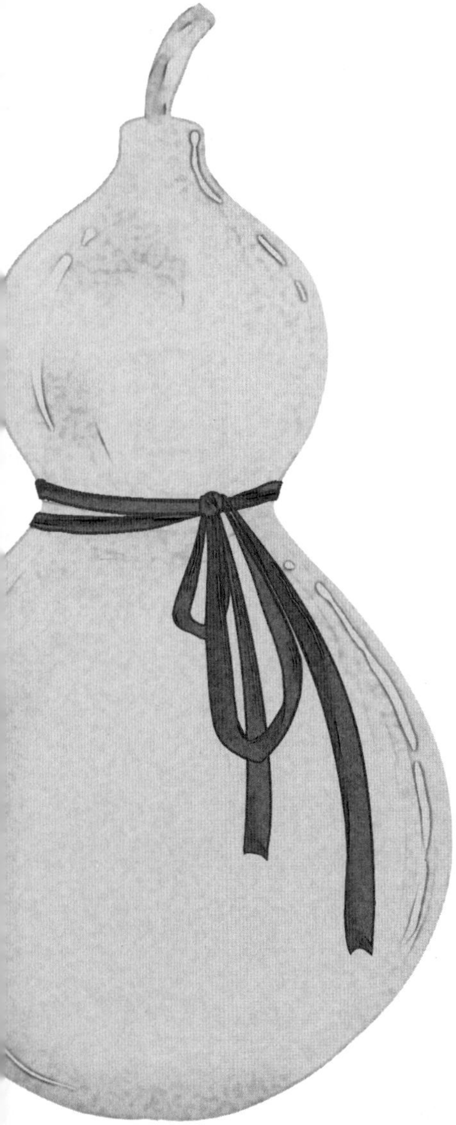

有我一人，比肩神明，

不如世间凡人，心灯依次亮起千万盏。

抬头，是三轮天上月，
低头，是一个心上人。

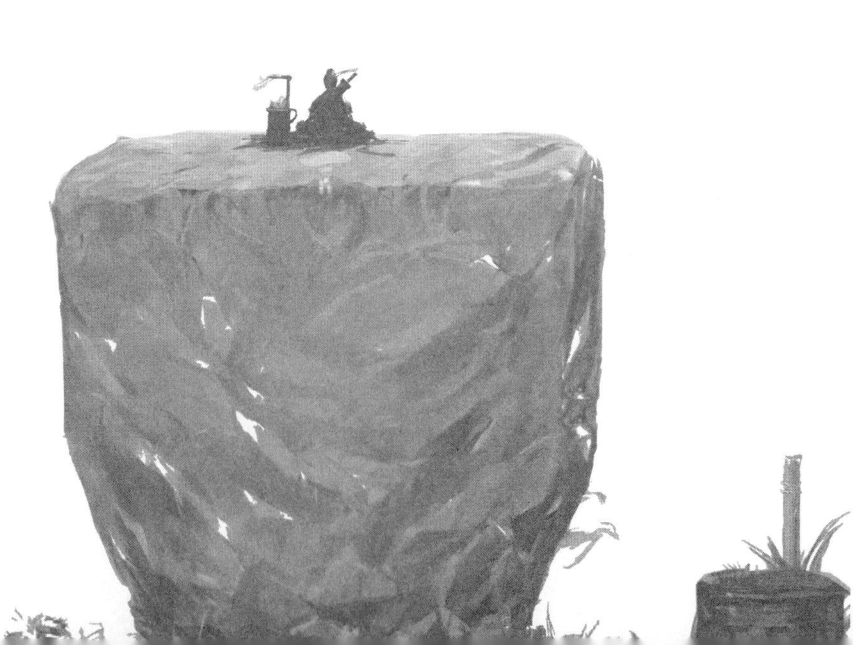

许多过往之人事，可想可念不可及。

安身之地，可小，安心之地，需大。

福

陇上花又开，先生缓缓归矣。

少年，思无邪，最最动人。

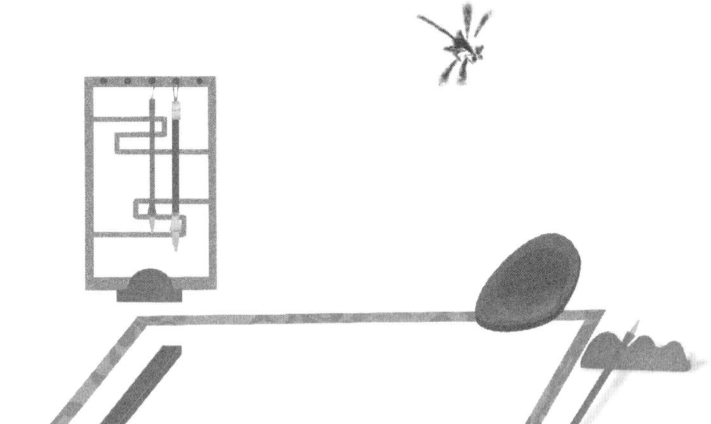

低头观井，抬头看天。

愿先生心境，四季如春。

烽火戲諸侯

拳向更强者出，方是真豪杰。

世间万般讲理与不讲理，
终归会落在一处，我心安处即吾乡。

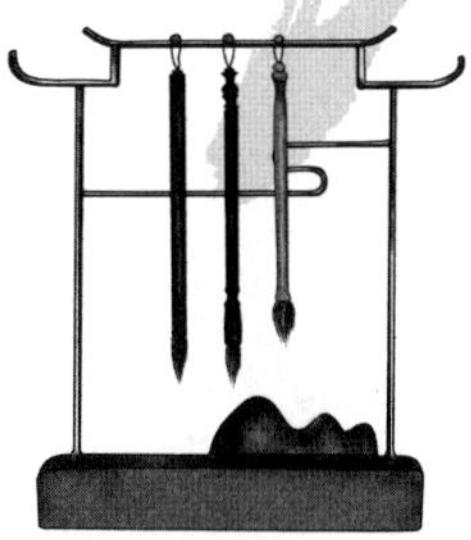

少年郎肩头要挑着草长莺飞和杨柳依依啊。

神仙打架总在天上。

可是悲欢离合，多在人世间。

人间苦难，不消说也，说不得也。

每一个强者的自由，都应该以弱者的自由作为边界！

传道受业，能解一惑是一惑。
书上正理，能说一理是一理。

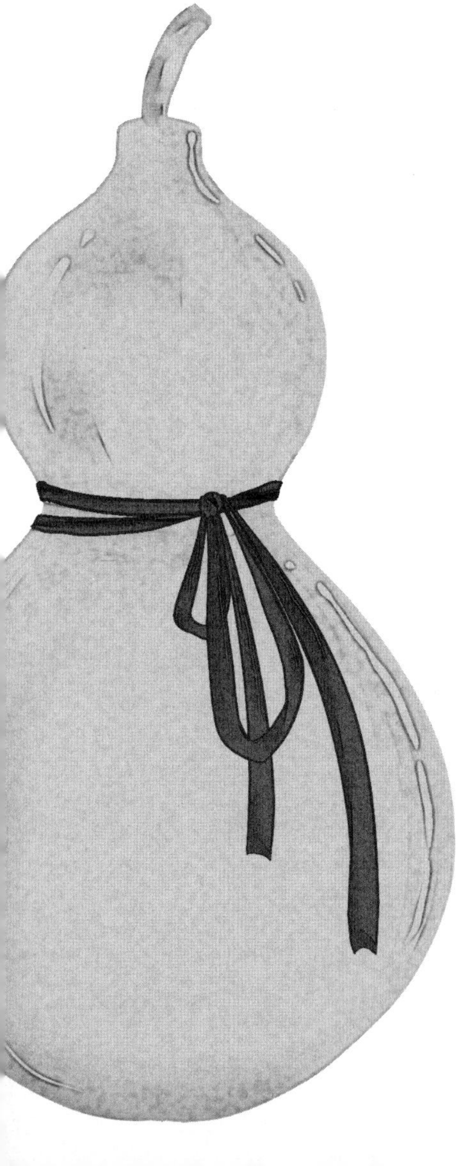

远看青山多妩媚，身在山中路难行，路上更有山中贼。

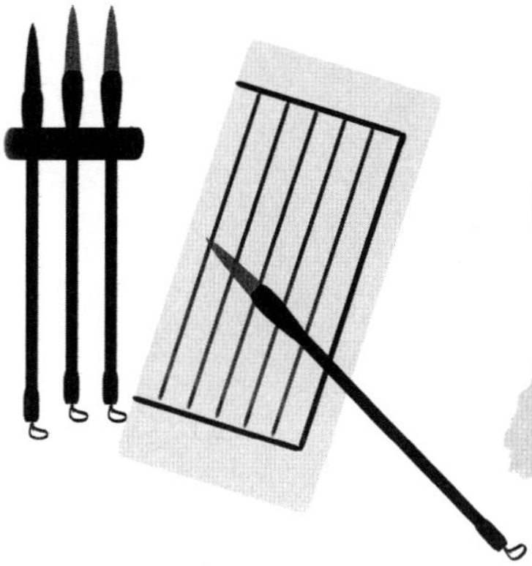

人情送头牛，买卖不饶针。

苦难艰辛之大困局中，最难耐者能耐之，苦定回甘。

少年飞扬浮动，大好光阴，能有几时。

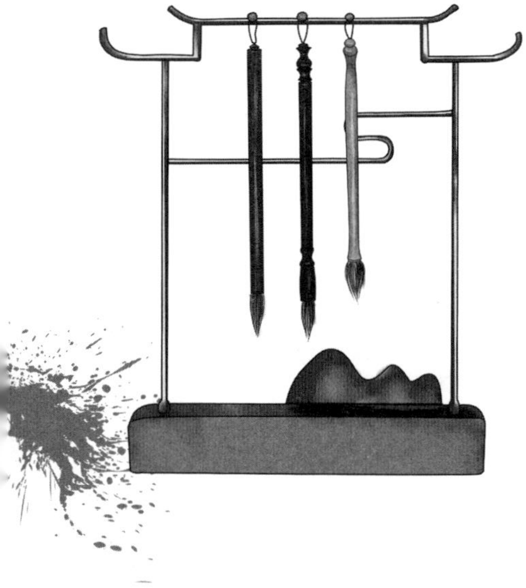

所有久别重逢的开怀，
都将是未来离别之际的伤心。

桃花开时，若是花上还有黄鹂，尤为动人，眼不敢动，心魄动也。

愿为夜幕暗室的一粒灯火，
照彻万里尘埃千百年。

烽火戏诸侯

剑来

天地之间有大美，等我千万年，不可辜负。

以平常心看待无常事，便是第一等万全法。

道理全在书上，做人却在书外。

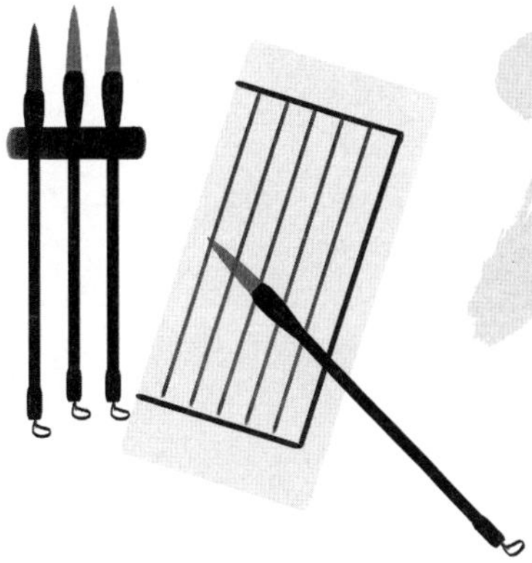

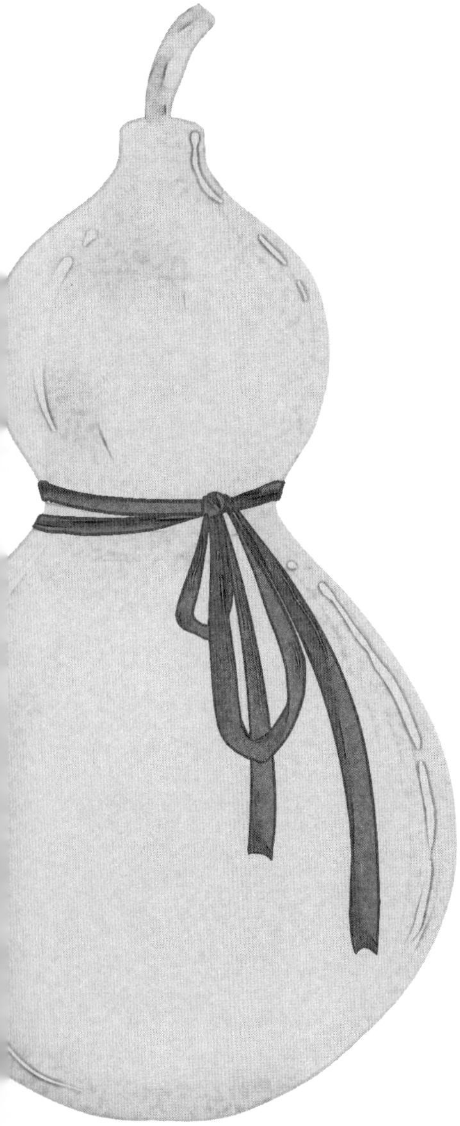

不迂腐的好人，他们的人心，
会格外温暖灿烂，如向阳花木。

遇事不决，可问春风。

有些违心的事情，一步都不要走出去。

高山仰止，景行行止。虽不能至，心向往之。

福

世间父亲皆英雄。

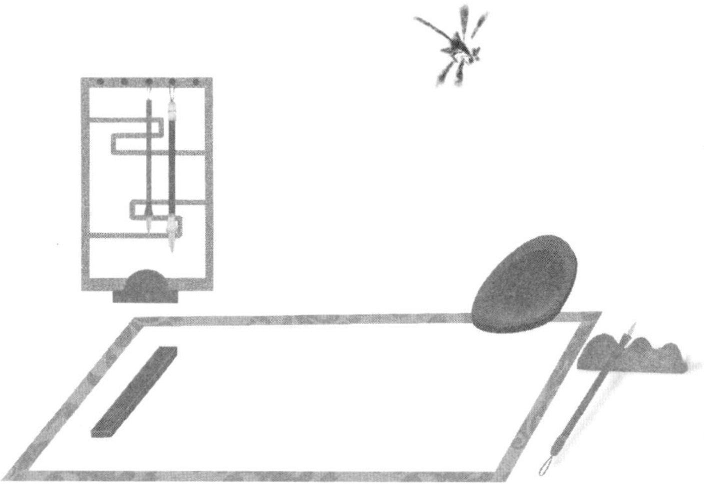

人生在世，本就是一场苦修。

剑来

剑来

剑来